十殿 導讀冊

阮劇團台語劇本集 II

U0027425

團員訪談

作　者　阮劇團
採訪撰文　郝妮爾
專文撰寫　紀蔚然、何一梵、吳明倫
劇照攝影　黃煚哲
採訪攝影　馬雨辰、陳冠任

副 社 長　陳瀅如
總 編 輯　戴偉傑
主　編　李佩璇
行銷企劃　陳雅雯、張詠晶
美術設計　廖小子
內文排版　李偉涵
印　製　漾格科技股份有限公司

出　版　木馬文化事業股份有限公司
發　行　遠足文化事業股份有限公司
（讀書共和國出版集團）
地址　23141 新北市新店區民權路 108-4 號 8 樓
電話　(02)2218-1417
傳眞　(02)2218-0727
郵撥帳號　19588272
木馬文化事業股份有限公司
法律顧問　華洋法律事務所
蘇文生律師

初版　2024 月 4 月

本導讀冊爲《阮劇團台語劇本集 II》之一部分，不單獨販售。

文化部國家語言整體發展方案支持　文化部 MINISTRY OF CULTURE

團員訪談

獻予劇團的成年禮，阮就衝到底

藝術總監汪兆謙、編劇吳明倫的《十殿》之旅

●受訪者：藝術總監汪兆謙（圖左）、副藝術總監暨編劇吳明倫（圖右）●採訪撰文：郝妮爾（小說家、散文家）●攝影：馬雨辰、陳冠任

二〇二一年三館共製的《十殿》，由兩廳院駐館藝術家吳明倫編劇，也是阮劇團第一次登上國家戲劇院的大型製作。其所引發的話題熱烈，從演前到落幕，都延燒不斷。

彼時，有位前輩對《十殿》的導演、同時也是阮劇團的藝術總監汪兆謙表示，這齣戲就像是阮劇團把所有家當傾囊而出，毫不保留全部展示，此話非褒非貶，客觀陳述。汪兆謙說他心知肚明，光是演員群，浩浩蕩蕩就有二十位，整個製作過程更是前所未有的繁雜，「但是在當下，我們必須如此。」他說。

直至劇本書出版的這一刻，阮劇團已成立滿二十年。過去多年以來，不只一個人說他們用力過頭。然而，若將團隊比擬為人，有哪個青年的成長，不是用盡氣力想燃燒青春？有誰不想熱情透支以前，努力一拚，看自己能夠走到哪裡呢？

當然，如今與過去相較，他們有了不同的變化，而《十殿》恰好是個轉捩點。本篇即邀請編劇吳明論與汪兆謙聊聊，談及此前與後。

Q 回顧這幾十年來，阮劇團做了很多逆風而行之事，例如招攬演員、編劇為正職，從旁來看，你們走上國家戲劇院這回事，也彷彿只是時間早晚的問題。然而，劇團這幾年挺過這麼多難關，旁人所謂的理所當然，於你們必然不是如此吧？請與我們聊聊在《十殿》以前，你們是如何蘊積自己的能量？

●**汪：**我其實沒有太管台灣的產業現況，當然也不是那麼帥氣說不理就不理——而是我心中有一些理想的做戲 model，是在學校學到的、歐美的案例，是已經產業化的典範，也知道這個理想在台灣無法立刻實踐。以台灣環境來說，養編劇、養演員聽起來很離經叛道。不過，我認為那不是台灣的團隊「不願意」這麼做，只是大環境「不允許」。可是，無論如何，我希望至少心態上要向著「健康的產業脈絡」靠近。我們也是真的很幸運啦，剛好遇到二〇〇五年嘉義縣表演藝術中心成立，我們很快就進駐了。

在台北很難想像這種事情——你只是一個藝術大學畢業的學生，結果所在的城市，竟然生出一個友善的劇場能夠進駐。當時排練場、辦公空間、實驗劇場……所有設備都是全新的，光是如此，就足以開拓我們接下來的想像。也是因為這個機緣，讓我更敢做很多事情吧？雖然如此，還是有很多存亡危急的時候啊，比方說二〇〇九年我們回到嘉義，摩拳擦掌，本想大幹一場，結果差點把劇團搞倒了。現實的歷練教會我，有些事要一步一步來。就像是，二〇一二年開始跟吳明倫固定合作，一年做一部台語經典改編的公演，到二〇一六年正式邀明倫加入劇團。

●**吳**：當時我剛失敗地從英國念完書回來，會接受合作、甚至加入劇團的邀請，某部分也是基於對於編劇的想像，總覺得要寫劇本的話，無法單靠一己之力寫下去吧？不過，前面是真的花滿多時間在摸索的。到二〇一三年《熱天酣眠》才大概長出一些創作的輪廓。只是，當下也沒有感覺它是什麼代表性的作品，一樣覺得那是我們其中一個嘗試。現在看來，更正確的說法是，它是讓我們繼續做下去的原因，因為當下沒有收到太多負評，理由就是這麼現實（笑）。後來就順著「台語經典改編」的想法，做下去，像《丐國party》、《愛錢A恰恰》。

也是到了這個時候，周遭人好像會覺得「我們開始認真了」，所以他們也會開始「認真地」給予我們一些回饋，像是看到的缺點啦……這種的，大多都是善意的。

●汪：對啊。我自己看的話，會覺得《熱天酣眠》以前，我們是非常挫敗的，弄什麼都不對啊，不太知道嘉義能做什麼，不像台北，再怎麼冷門的作品都能夠找到一批信眾。不過這也讓我明白，這個世界不是你說了算。

●吳：《熱天酣眠》的成型有很多原因啦，其中一個可能也包括——《仲夏夜之夢》本來就很好看吧？哈哈。但也是因為寫到這個作品以後，我更意識到：本土信仰可以是我自己創作上很重要的元素。比方說虎爺信仰，其實是很深入大家的生活跟概念的。而我以前的創作有點無意識地就都跟信仰有關，好像我所有劇本都不離神鬼之事；但到了《熱天酣眠》，變得很理所當然，意識到本來就應該這樣改，這也是我熟悉、喜歡的方向。一旦意識到這點以後，就能夠仔細地把這元素埋入。

●汪：可是，如果談到「改編經典」這件事，這有一個很重要的訊號，就是長年以來台灣對莎士比亞的了解，很多是停在文學院這一塊的。不過，阮劇團不是用那種文學愛好者的、吟詩欣賞會的方式，來思考這件事情，而是以商業的價值去做判斷的。在台灣的表演藝術環境中，「商業」有時候會是一句髒話，「錢」也是髒話，但我始終不這樣認為。

明倫

我有一個對劇團的想像。覺得劇場就不是一個人的事情，有一個團隊一起想事情，對整個製作是更有理解和畫面的。所以如果有機會成為劇團的一部分，我會覺得是理所當然的選擇。

Q 阮劇團「雙編劇」的形式也很吸引人，據悉，多是由吳明倫先寫下華語劇本，再由 MC JJ 翻譯為台文，可以聊聊兩人之間是怎麼合作的嗎？另一方面，這樣的合作如何改變吳明倫的創作思維？以及阮劇團的整體氛圍呢？

●**吳：**我們工作劇本的方式，都是從編劇會議開始的，會議中就會不斷丟一些點子出去，來回修正。我覺得，這就是團隊能有的好處。而且我寫早期幾個劇本時，是華語和台語混合的，比例大概是七三比或八二比，台語比例偏低，寫出來的台語也不一定是標準的，但

JJ都能處理好。或者，我也不是個特別有幽默感的人，要寫喜劇都會有點怕怕的，想說冷場怎麼辦？舉個例子，我早期都還是先以華語書寫，但改編成台文的時候，光是諧音哏就會Lost in translation，所以後來我就直接跟JJ點菜。有時候我會請他加一段貫口、或四句聯（七字仔）之類的，也會給內容的方向，像是，「這邊我需要你罵誰誰誰」、「這邊要用什麼情緒說話」……。這樣一層一層的處理，總是會找到最好的表現方式。

●**汪**：點菜很快樂，而且JJ也是個很需要方向的人。（笑）比方說《十殿》裡面有一段婚禮賀詞，這邊我就註明：「寫一段賀詞，請讓觀眾愛他，講完一定要鼓掌。」因為接下來那個角色就會讓大家深惡痛絕，我希望讓觀眾有個感覺是，這個你十分鐘前才為他拍過手的人，下一秒就會做出巨大的反差來了。

●**吳：**不過早期這樣方式，隨之而來的問題就是「工序太多」。演員非常辛苦，他們會先拿到我的本，開始背華語台詞，拿到ＪＪ本的時候，又要砍掉重練，初期看到，內心都覺得很對不起他們。一直到《十殿》，這樣的狀況才緩解吧？

在寫《十殿》前幾年，我們意識到學習、使用台文正字的必要性，就開始尋找很多資源。從二〇一六年《馬克白 Paint it, Black!》開始，我們找台語老師進來上課，後來也請中正大學中文所的研究生劉祐誠幫忙一同整理、校對劇本。不只是劇本，連生活上的細節也開始有意識地要求自己，比方說劇團臉書的文字、劇作宣傳文案的內容，都要寫對。覺得是該做的事。

這樣過了幾年，開始創作《十殿》以後，我的角色已經能夠在腦海中講台語了。寫《十殿》那兩年，「iTaigi 愛台語」的網站分頁沒有關起來過，隨時要上去查啊。等於是我先以台語創作，再自行翻成華語，然後把華語版給ＪＪ，再讓他進行二次翻譯。這樣的狀態下，演員前後看到的兩種劇本的差異性就縮減了。即便ＪＪ當初沒有看過我的台語版，不過也可以看到類似的句型脈絡。例如第一場戲，工地裡面的人講話很粗，大家以為是ＪＪ寫的，但其實是我的堅持，我本來就把措辭寫得那麼粗。畢竟有些句子的輕重力道，以華語、台語來說，聽起來是完全不一樣的。

●**汪**：講回「編劇進駐劇團」這事，以當時台灣環境來說，真的是跟業界背道而馳的事，因為我們基本上一直是以導演為中心嘛。可是你看在影視產業，大家一起合作是很常見的。彼此互相溝通、討論，就比較不容易出現「編劇的劇本突然被更動」的狀況。

●**吳**：對，尤其到最近這幾年，我會跟著一起進排練場，排到某個地方為什麼需要改劇本，別人對我就不需要有太多解釋，因為我也在現場嘛，看到這邊好像就是卡卡的，就一起想想看，有什麼別的辦法讓它更順？這種工作方式，我覺得相對來說是健康的吧？再換個方式說，我覺得，連莎士比亞的劇本都可以改了，為什麼我的劇本不能改？哈。

●**汪**：我的看法不太一樣，今天我們說「莎士比亞都能改了，有誰不能改？」——拜託，當時莎士比亞改劇本動作才快好不好！他一改完墨水都還是熱的就直接用了。在團隊工作，我不會用「改」這個字，而是「討論」。如果用「改」這個字，討論的問題會被縮限得太窄，格局太小了。畢竟一齣戲端到舞台上，要面對的不只是觀眾，還包括股東、整體市場環境……。如果有編劇對於劇本更動不滿，我會認為，是源自台灣的產業不夠健康，因為多數時候，與劇作家的溝通成本太高了，最後只好直接調整，那這件事情就會被理解成：「改！」變相造成創作者的自我虛弱，虛弱太久之後就會自我膨脹。

倒是說，如果你問我，這樣來回討論的結果，會不會傷害原創者的藝術性？我會覺得，假設今天觀眾沒有感覺，那算什麼藝術？我們所有作品的對話，都是面對觀眾。今天有一個觀眾被台上的一件事、一句台詞打動，我們之間產生共鳴，那這件事情才會 work。如果今天是創作者的自我膨脹，那麼這件事，至少對我來說，不是藝術。

Q 《十殿》在二〇二一年的首演，其「三館共製」之大，使阮劇團一口氣經歷了許多過去不會經驗過的事。如今回顧，你們會怎麼談起這段創作與製作路徑？

●**汪**：大概是二〇一七年吧，當時我們去羅馬尼亞，我正式感受到整個團的製作能量……就是，

兆謙

阮劇團要推出很有態度的作品，這態度要讓台下的人看得很爽。而這條路我們才走到一半。

連我這這種啣啣歪歪的人，都覺得好像「過關」了。因此，到了二〇一八、二〇一九年，決定挑戰長銷劇，我想說只要能夠賣出三千張票，那我就可以接著挑戰劇院。也有幸運的點是，差不多在這個時候，吳明倫就收到兩廳院駐館藝術家的邀請了。

●**吳**：我當時一收到這個詢問，很自然的，第一時間就直接回報劇團，問大家：「欸我們要做什麼啊？」汪兆謙那時候就給我兩個方向：一個是五大奇案，一個是《十誡》的形式，做五小時。說真的，雖然「三館共製」聽起來好像很龐雜、限制很多，但是……

●**汪**：真正的限制，大概只有預算吧？

●**吳**：對啊。所以《十殿》的產出對我來說沒有特別意外。我們的「台語演經典」改編，從西方喜劇出發，接著是西方悲劇，再來到台灣文學經典*；如今走到台灣傳說故事，好像非常合理。前面的幾個過程，我也是確實參與的，因此走到這一年，方方面面都感覺自己準備好了。五小時的作品，聽起來很大，但把它想像成寫「十個」、「半小時」的劇本，就沒這麼困難了。對我來說，也感覺自己是深深被信任、才能夠被託付這樣的重任。

* 指從二〇一三年改編《仲夏夜之夢》、二〇一四年改編《烏布王》、二〇一五年改編《吝嗇鬼》，到二〇一六年改編《馬克白》，再到二〇一八年改編《嫁妝一牛車》。

汪：那兩年我們的溝通很密切，常常三更半夜看到什麼文章，深受啟發，就會丟過去，類似的經驗不勝其數。

吳：那時候兆謙跟戲劇顧問很類似，會提供一些對作品有幫助的點子過來。說到這個，《十殿》以前也有戲劇顧問，但也是要等到《十殿》，我才知道怎麼樣善用戲劇顧問。在這之前幾年累積的經驗，已經知道自己創作上需要什麼幫助，所以以前的戲劇顧問比較是協助查找歷史資料、閱讀梳理資料之類。在《十殿》早期，我是跟編劇助理工作比較緊密，請她幫忙看資料、作品，整理相關觀點；兆謙也會隨時給一些對寫作有幫助的刺激。

●**汪**：像是牽亡中有《西遊記》的元素。還有，美學上也有點受日本影響，像是之前和流山兒排戲，他們就提到舞台是死亡的藝術，死亡氣息是濃烈的，我滿愛這句話。想想，我們的戲，不是裝鬼弄神，就是死來死去。（笑）

●**吳**：總之，等到開始寫劇本後，就跟戲劇顧問何一梵老師持續討論，我們的故事要走到哪裡去？有沒有透過目前的段落傳達出什麼觀點？因為他比較旁觀地看待，所以幫我整理出上下半場風格的統一性，也幫我抓出一些盲點。

我清楚記得，第一次讀劇是在十月，所有演員作為第一群觀眾，當時強制規定大家都要提出糾錯意見，也都幫我仔細地把故事整理清楚。所以整個過程中，不是只有編劇一個人埋頭苦寫。

●**汪**：明倫面對修改意見，心態都非常健康。

●**吳**：當然我也不是所有意見全都接受啊，如果收到某些我不太接受的意見，我也許會去想為什麼他會這樣子想，我要用什麼方法讓他懂。如果有些太離奇的點子，我們也會先跳過。（笑）

●**汪**：就製作面來說，《十殿》很像是阮劇團送給自己十八歲生日禮物。劇團真的很像是一個孩子，而且還是一個先天營養不良、體質不好的小孩，晚上會睡不過夜的那種。都是靠很多長輩、鄰居，大家一起幫忙照顧，才能夠撐過它的三歲、五歲、上小學……，大概是到十歲後慢慢健康起來。《十殿》這個成年禮，說起來也很像剛滿十八歲、就馬上去考駕照的青少年，考到以後就馬上去找法拉利來開呀，大概就是這種心情啦。練膽啊。

可是話說回來，我也不是完全沒有經驗，過去我曾經是賴聲川《如夢之夢》的舞監助理，那是一齣八小時的劇作，所以很多小細節我其實都是知道的。我是大概有個模糊的輪廓，那就是去驗證這個輪廓跟實際執行的落差有多大。而「人」是最大的功課。那時候整個劇組快一百個人，而阮劇團當時，不過是十幾、二十人的團隊，光是怎麼跟各方溝通，都是大問題。

這也像是成年時會想展開壯遊，剛好也在一個有足夠的彈性去面對很多挑戰的生命階段，如果預算許可，在不傷人和自傷的狀況下，壯遊當然越冒險越好。成年就是為自己負責，並承擔一些責任；同時也能更自由、更大膽。

到頭來，真的也是運氣很好，剛好在這個時間點、有這個機會能做。

我在吳明倫接到邀請以前，就一直嚷嚷想做「五大奇案」。這源自於我小時候很被觸動的一個觀賞經驗：九〇年代民視剛開台，有個改編台灣作家作品的電視劇系列，主

兆謙

一個劇團該做什麼樣的事？我們就是一個戲班子，接下來的方向是，所有用的東西都可以很簡單，但是它要很深刻，很有力量。可以知道怎麼用技術，但不應該被任何技術給綁架。

打以本土元素為主，其中一集就是改編自阿盛《十殿閻君》的故事。我當時看了非常震撼，上大學後還找阿盛的原著來看。

這個故事和結構其實都簡單，談善惡賞罰和大環境下的小人物。事後仔細想想，原因可能是我很能共感故事中的大環境吧？跟我外婆的整個家族很像——以前的台灣農村社會，因六、七〇年代產業變化後都市興起，造成大量人口外流，隨之而來就是很大幅度的地景變化，我對這件事情非常有感覺，這也是我成長的年代。它談的概念是：「在大環境之下，我們遭遇的悲劇不是偶然，而是必然。快速變遷的社會，勢必會把小人物撕裂。」我對這感受很強烈。

●**吳：**嗯，其實趁這次出版的時候，我偷偷刪改了一些可能原本只有編劇知道的人物關係設定（笑）。某種程度來說，我也是希望能夠讓一件悲劇的發生，更看不出有什麼明確的前因後果。

有時候，你說環境真的對一個人會產生什麼影響？——連這都可能都是一種「解釋」。我們很需要一個理由，來理解人為什麼會做壞事，好像知道理由以後，才可以安心活下去。可是，那個理由真的存在嗎？這個提問，是我在《十殿》很重要的概念。

Q首演版的《十殿》，工地中有一名外籍配偶，她說起台語來是沒有口音的，這在當時也造成一些討論。其實，整個作品引發的迴響不少，我們不如藉由這個機會完整回應當初的討論吧——首先，「口音」的問題，到底是不是一種刻板印象？另外，也請談談當年在網路上引發爭議的「台文字幕」這件事；以及，最後請談談《十殿》重製的進度。

●吳：關於「外配到底要什麼口音去講她的台詞」？其實我在排練的時候，沒有去給予任何指示，比較是導演跟演員決定的。但以我自己的立場來說，會覺得……我們不是很排斥人家學「台灣國語」嗎？它就是一個將心比心的狀態。或者應該說，

「學人家的口音」，這本身就是個陷阱，是一個能夠不去踩就盡量不要踩的陷阱。

還有一點，我們的劇場其實不是完全寫實化的。比如說，我們生活中真的有人這樣全台語講話嗎？其實沒有，都是台語、華語混著講。而且在《十殿》的時空背景裡面，如果選擇全台語，那它就是一個設定，而不是直接往一個寫實的方向走。

至於刻板印象，我會覺得，這個世代常常讓人混淆現實與刻板印象之間的差異。舉例來說，有些觀眾會嫌棄我們把警察寫得太刻板，可是我們的顧問裡就有警察啊！連他都說那不是刻板了；又或者，會不會在刻板印象中，本身多少就帶著一些真實呢？畢竟舞台上的呈現，很大程度都是我們諮詢過後的成果了，比方說飾演外配的品潔，當初也有找過越南老師請教越南話的發音和腔調；或者是我在寫工地的時候，也是真的詢問過工地主任：「在那個年代，會不會有人帶嬰兒去工地？」得到的答案好像也不到完全不可能的地步。唯一要講到我比較沒自信的角色……應該是有錢人吧？我沒有可諮詢的對象，比較偏向我自己的想像！（笑）可能就比較刻板？

那再講到台文字幕，說真的，原本我沒什麼特別的想法，完全想不到在「黑特劇場」會討論得那麼激烈，也才讓我意識到，原來在同溫層外的世界，有人會對台文這麼不爽啊？

●汪：講到台文字幕，我會說這是「預謀犯案」。因為我就是堅持要有台文字幕的那個人。

在那之前阮劇團是沒有字幕的，更早時候的我比較本位，會期待大家不受字幕干擾去理解。而現在的我想法又有些改變了，像二〇二三年重演《熱天酣眠》，就會再考量到有些人是非台語、或者半台語使用者，避免他們因為字幕的有無而被排除在外。

《十殿》是我們第一次做台文字幕的嘗試，在那個階段，也就是一種「出圈」，我當時決定的時候，就知道我不可能取得所有（觀眾的）同意與諒解，一定會有很多人被激怒。但我們得在國家級的場館插旗子，讓大家看到這套原本就已經存在的文字系統。大家會有討論我當然不意外，但熱烈程度我確實沒經驗過，所以我也上了一課。

●**吳**：假如現在要重新再來一次，我們當然還是要有台文字幕；只是，也許會花更多力氣去

明倫

《十殿》首演到現在才過了兩、三年，整個台語環境我覺得改善很多。「來看戲的民眾」和「台語友善的人」，兩者交集雖然還沒有這麼大，不過也慢慢找到能夠溝通的橋樑。我是用很正面的態度去看待這件事情。

強調，讓所有人知道這件事，甚至充分宣傳哪幾場是台文，哪幾場是華語字幕吧？

●**汪**：總而言之，可以說製作《十殿》的過程，有很多都是仰賴直覺的判斷。

●**吳**：判斷的當下都是衝動，事後回想，嗯，這衝動是很一致的。

●**汪**：對對對。（笑）可是，直覺是一步一步來的。就像畢卡索畫餐巾紙的故事。畢卡索去餐廳吃飯，在餐巾紙上隨手一畫，旁邊有人看到想買，他就開了一個幾萬歐之類的價格，對方驚呼，詢問：「為什麼這樣隨意畫一畫要這麼多錢？」他說：「我畫這一撇，花了五十年。」

我的心態就是如此，製作的過程必然有仰賴直覺的時刻，但直覺這件事的輕巧，牽涉到

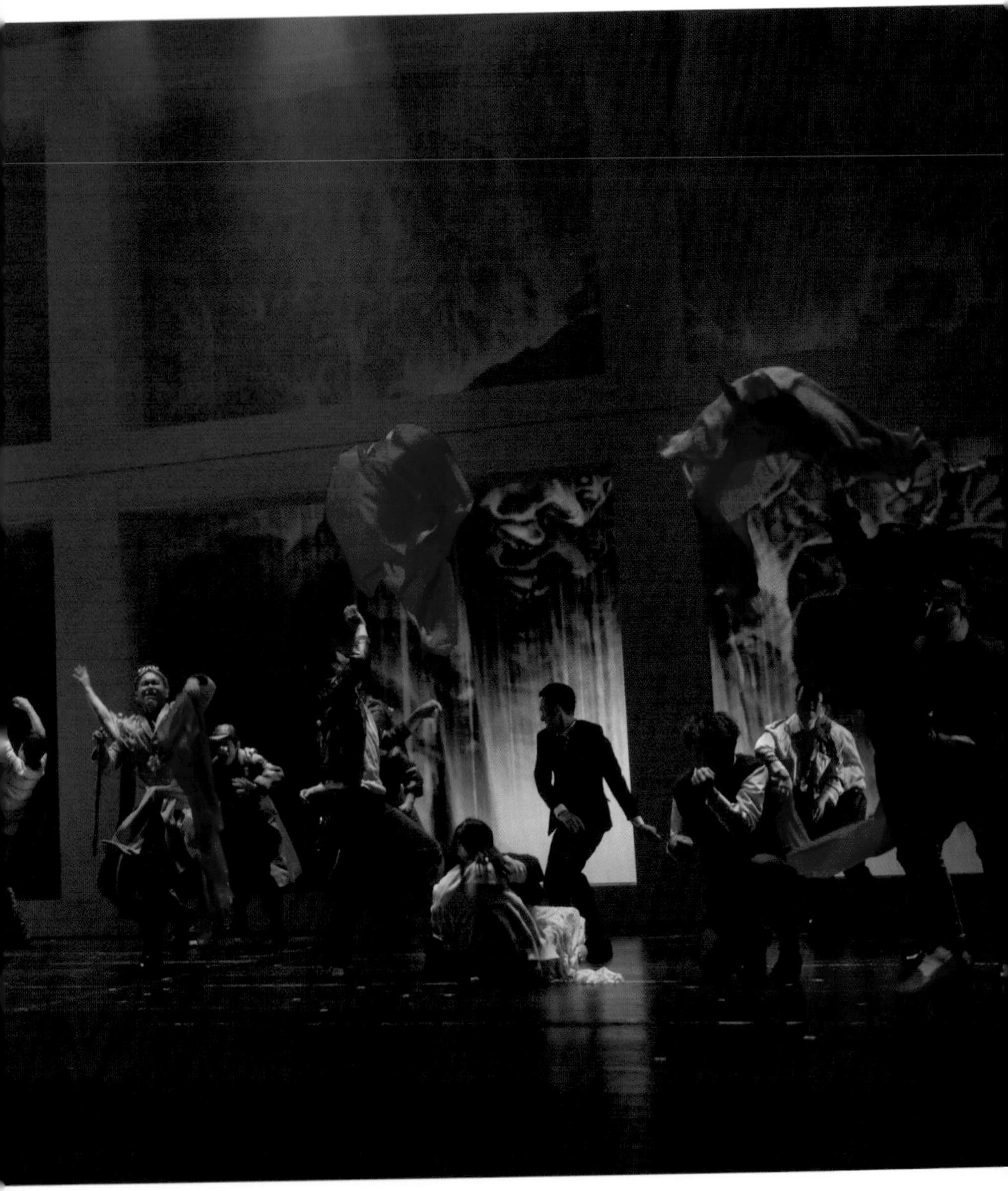

前面漫長素養的養成，這其實是最花能量的。它涉及我們對結構的在乎、主題的精準，這一定要花很多的力氣，有一定的閱歷和品味，但程度到了的時候，你就越來越能夠相信自己的直覺。

記得《十殿》首演剛結束的時候，鄭順聰看完後打電話來，說他很欣慰很開心，也很坦白跟我們分享：「你們就是鄉下老鼠進城，恁好料全部攏抔抔起去园台頂（你們把好東西全部收整起來放到台上）。」我覺得這個形容很到位，那就是十八歲的阮劇團全力以赴的作品，我們只能毫無保留地全部出去。

至於現在嘛……我會大方剪掉那時候無法割捨的部分。包括演員也是，預計三年後的重製的《十殿》，只要五個演員就能演了。嗯，絕對可以！如果辦不到的話，我請大家吃飯！

●吳：這種「捨得」的心情，跟我最近的狀態很像。除了讓劇本更精簡以外，我每天晚上十點，心情放鬆後，就開始想今天要丟什麼東西……（笑）用一種減法的狀態在過日子。

其實，就連出版劇本，我個人原先也沒有特別積極，而且是基於一個非常現實的理由啊——覺得讀者有夠少，是否不要在那邊浪費資源（笑）。但是，當這是以台文的形式出現以後，我就覺得這是我們「應該」要做的事情。也是我們對自己的期許吧？

也許未來，我們的劇本會先有台文版，才接著有華文本出現。總之，就是不必完全以華語本位的思考方向去寫作。我想，目前還沒有人這麼做過，光是如此，我就會覺得作為率先出版的台語劇本書，是有價值的。

後記

現在聽汪兆謙談阮劇團的創作想法，會感覺他天生有商業頭腦，卻不知，這全是因阮劇團而被訓練出來的。

「我以前是很哈扣（Hardcore）的，特別喜歡做一些很冷門的作品，像是貝克特那種。」汪兆謙說。由是，當初回嘉義，MC JJ 甚至與他確認過：「欸，你回來做劇場，是欲做予人看有抑是看無的（是想做讓人看得懂還是看不懂的啊）？」

「看有的啊（看得懂的啊）。」汪兆謙很確定。

延續這個對話，再以他說過「《十殿》是阮劇團的成年禮」之比喻來看的話，或許，阮劇團這個「體弱多病」的孩子，在尚未成年以前，心思便早熟敏銳，成熟到願意放下心中的執念，同理更多面向的因素，找到一條路別人沒有走過的路——而那個選擇，或許可以說是阮劇團送給自己的第一份禮物，讓他們知道，自己找到活下來的辦法了。

一種觀點

難得一見的悲劇

●紀蔚然　台灣大學戲劇系名譽教授

吳明倫的《十殿》不甚討喜，既無賺人熱淚的場面，亦未施展「悲戚喜感化」的手段，更少有觀眾特愛撿拾的金句；也就是說，它毫不妥協地往悲劇的暗夜直奔而去，即便抵達終點，依舊沒露出苦盡甘來的曙光。

如此大膽、如此格局的悲劇，別說二十一世紀，甚至在前一世紀的台灣亦不可多見。也因如此，它不好理解；對那些把「幸福」、「正能量」當驅邪口號的中產階級來說，對那些手持一把僵硬審美尺碼的評論者而言，簡直不可理喻。然而這是時代的問題，無論在台灣或全球，觀眾早已無法直面邪惡，早已不願正視真正的悲傷。

●

《十殿》分上下兩部，《奈何橋》與《輪迴道》，人物眾多且

情節複雜，但只需辨明幾條主線，便不致有迷路之虞：各個家庭有屬於自己的悲劇，而且每一組合和其他組合多少有所交集，於是牽扯出一長串的孽緣惡果。然而，《十殿》的因果涉及宗教，不是寫實主義唯物的因果。因此，當某篇評論質疑劇本並未說明人物為何作惡多端時，顯然嚴重誤讀了。

寫實主義的世界，什麼都可解釋，任何現象皆不脫社會環境與人際關係兩大因素，而且其主題極少探索人性本質、靈魂，或其他五官無法感知的神祕面向。反觀《十殿》裡不斷衍生的罪惡，它們是「俱生我執」的產物，亦即：與生俱來之貪嗔痴慢疑等等執迷所導致的行為。雖然劇中人物沒有一個不受環境與親友影響，但真正驅使他們的力量

源自每一個人物的內心。全劇藉由表象（人物遭遇及所作所為）暗指人性本質與佛教所稱之「意根」，和寫實主義的世界觀天壤之別。

《十殿》令人聯想史特林堡（Strindberg）表現主義時期的作品《魔鬼奏鳴曲》（*The Ghost Sonata*），其中人物互相折磨卻無法切斷孽緣，以致聯繫人與人的力量並非促進和諧的紐帶（bond），而是衍生怨懟的枷鎖（bondage）。他們被生長環境與複雜的人際關係所左右，但罪惡的起源是：每個人出生時靈魂已受汙染而病懨懨，以致屈從於身體與欲望的索求。值此階段，史特林堡受叔本華的悲觀主義影響，亦自佛教對於苦難的詮釋獲得啟示，構成了他獨特的悲劇意識。

《十殿》最大的成就也在於作者獨特的悲劇

意識。乍看之下，我們似乎無法從類似社會新聞的情節裡提煉出什麼道理，剛開始只感受到「這些人物怎麼如此邪惡」的顫慄。但這一張根據民間現象所編織的罪惡之網，需要我們耐心看待，更需要我們勇敢面對。

作者運用看似寫實的對白，卻意在營造閾限情境（the liminal）：一個人、鬼、神三者之間界線模糊的地帶。《奈何橋》裡，世間無異冥界，每個人物都像是鬼魅一般，盲目地受惡念驅使；來到《輪迴道》，人類持續掙扎於罪孽之中，無法超脫輪迴。瀰漫《十殿》的悲劇意識在於：人們看似深受宗教影響，老是將通俗概念掛在嘴上，如土地公、媽祖、因果、前世、孽債、地獄、保佑、放下、超生等等，但是在他們的思維與行動裡，卻完全嗅不到一絲絲的宗教情操。換言之，人們一方面深化教條及其傳說，不但落實於生活習慣（祭祖、拜拜、祈福），更體現於民俗儀式當中（遶境、搶孤、廟會）；但另一方面卻沒真正內化佛教教義，以致普遍的信仰其實只是普遍的迷信。

這個悲劇的本質是：無神論者大可揚棄關於上帝的神話，把握自己的命運並為當下的行

為負責，但劇中人物卻未享有同樣的精神自由；他們的思考因迷信而受到限縮，卻也同時因沒真正信仰而談不上超脫。《十殿》的時序設於一九九二至二〇二一年間，但其情節呼應了台灣歷史上的幾樁重大奇案。如此用意，不言可喻：即便物換星移、世事更替，即便科技發展已不可同日而語，台灣人依舊受困於信仰與迷信之間的裂隙當中。以致，劇中象徵台灣文明的大樓虛有其表，外在華麗，內裡卻藏汙納垢，彷如一尊裡面塞著「蒼白的保麗龍」的鎏金佛像，不過幾年光景便從風光起樓淪落至鬼屋般的廢墟。

如此視野當然令人不舒服；然而，藝術從來就不是為了讓人舒服。它的意義從來就不在於提供療癒，讓人忘掉苦難。身體疼痛，建議按摩或泡溫泉；心理出了狀況，建議看心理醫師；喜歡湊熱鬧的，不妨到走一趟海港河岸，看看可愛的黃色小鴨，但無論如何，千萬不要大聲喧嚷哪一齣戲「超療癒」，除非你想侮辱創作者（雖然很多人並不介意）。《十殿》一點都不療癒，反而撕裂傷口，往內裡觸探苦難的根源，最後迫使我們認清：地獄不是他者，而是自我。

於最後一個單元〈團圓〉，某些懸案獲得解答，一些意外事件被賦予神祕的因果關係，看似塵埃落定，然而安然（自稱「光的藝術家」、一個半瘋的悟道者）對三藏的質疑，卻又引出更為棘手的課題。三藏認為「有些人死掉了，有些人持續受到痛苦，這就是因果。沒有因果，人間會亂成一團」。安然不以為然，反駁道：「把因果輪迴當作痛苦的安慰，這樣就夠了嗎？這樣就救贖了嗎？我不能接受。」作者藉此透露自己對於救贖的疑惑，但並未全然否定它的可能性，其中的答案只能留待觀眾自己深思。

《十殿》賭注很大，作者極具藝術膽識和野心，若因不合時代品味而知音難尋，可就埋沒了一部傑作。此劇成就不凡，佩服之餘，讓我重新審視自己近年來的創作而有些許領悟，算是意外收穫。難得遇到絕好劇作時，我總是一式反應：幹！可惜不是恁爸寫的。如此粗俗爽快的讚嘆，既流露羨妒之意，亦代表我個人對一部作品的最高評價。

一種觀點

《十殿》的龐大與輕盈

●何一梵　台北藝術大學戲劇學系副教授

《十殿》從舞台回到紙上了。從接收觀眾的凝視，到面對讀者的閱讀。不同的媒介，不同的受眾，意謂著它有不同的面貌，甚至生命。這一次，要怎樣感受它的呼吸？

了解「從何而來」永遠是回答問題的好方向：

《十殿》的出發點，是仿效波蘭導演奇士勞斯基（Kieślowski）的《十誡》（*Dekalog*）[1]，只是借鑑的源頭，從《舊約聖經》上的戒律，換成了台灣的五大奇案[2]。環繞著一九九三年開始興建的「金國際商業大樓」，與五大奇案呼應的五條故事線，彼此交錯糾纏，從《奈何橋》綿延到《輪迴道》，見證了三十年台灣社會的變化，間或滲透著宗教想像對人間因果的介入。在總長達五小時的演出中，幾乎都以台語演出，一共二十六個角色活躍在這個《十殿》宇宙裡[3]。

1. 「十誡」據《聖經》記載，為以色列先知摩西首要頒布的十條律法，是猶太人生活和信仰之準則。在基督教中亦有重要地位。奇士勞斯基執導的同名劇集於一九八九年上映。
2. 分別為：《林投姐》、《陳守娘》、《呂祖廟燒金》、《周成過台灣》（為清末四樁命案，前三件因地緣關係又稱「府城三大奇案」），和《瘋女十八年》（民國後的案件）。
3. 指的是二〇二一年的首演。

龐大顯示了《十殿》的野心，當然不會只滿足於將前人的故事予以現代化與在地化而已。

以直視的意志對抗宿命論

儘管改編自五大奇案，在現代化與在地化的同時，《十殿》也並非僅是去勾勒一部犯罪實錄，而是著眼在人間的不幸與苦難。充斥本劇的罪行與罪惡，其實都是叩問苦難的手段：為什麼這些罪案會發生？怎麼發生？道德與法律失能之後，要怎麼面對？怎麼救贖？……這些問題從來都沒有一勞永逸地答案，卻也從來不曾在我們的生活裡真的消失——只有可能深

沉到讓人不願面對。

但《十殿》也努力避免掉入宿命論的邏輯中。從清代到今天，甚至在未來，罪惡與苦難的劇碼的確會不斷重複，但這並不意謂著人只能被動地為命運左右。不然，太早熟世故地陷入一種絕望，等於宣告所有人，包括作為觀眾的你，在生活中所有的努力都沒有意義，不過一場徒然。因此，對宿命論的抗拒是《十殿》創作上的另一個面向，只是這種抗拒不是天真地給我們一個克服命運的英雄，而是反映在對罪惡不迴避的直視，以及對當今處境鍥而不捨地反省。

因此，許多不陌生的社會現象與議題，都交織在劇情的經緯中：外籍勞工、詐騙集團、經濟狂飆、私刑正義、新興宗教、無差別殺

人……。《十殿》，或戲劇這媒介，並不負責對這些議題提出深入的分析，但卻可以讓我們看見，這許多近在咫尺、甚至身在其中的現象，如何折損著良知，消磨了善良。因此，就算還是無法擊敗宿命，直視的意志與反省的不怠，都不會讓人活著氣餒。

歷經苦難的心，歸往何方？

然後，《十殿》不可能不問的一個問題是：受苦又心碎的人，要怎麼得到安慰？這個問題讓構成《十殿》的觀點，從內容延伸到形式上。因為這等於不得不問，在凸顯了問題之後，戲劇這個媒介是否有能力給人安慰，甚至救贖？

《十殿》在這個問題前面是謙卑的。戲劇不能僭越宗教，一如凡人不能自比為神明。如果對這個問題的回應夠誠實，就必須放棄戲劇。

正是在這裡，也是基於阮劇團長年對台灣民俗的關注，宗教祭儀在這裡有了搬上舞台的理由：不是為了成全任何美學，儀式與宗教的出現，只是單純地想呈現何處是這些心碎與苦難的歸屬，在戲劇能力所及的邊界之外，延伸了戲劇的未竟之業。

從苦難到宗教，從戲劇到儀式，建構《十殿》的觀點與邏輯可以被描述得很簡單，甚至很古老。……相較於我們劇場外的人生，《十殿》也只能是個扼要的輪廓而已。戲劇與人生，都不會給我們標準答案，但是，兩者都需要我們認真凝視。

龐大製作落到紙上，成一座燒腦迷宮

龐大還展現在這些地方：《十殿》是明倫在兩廳院當駐館藝術家期間，專心致志，前後歷時兩年多才完成的作品。另外，這也是阮劇團這個遠在嘉義的劇團，首次登上三館的製作。從人員到經費，從行政到舞台規模，還有觀眾的進場人數，在在都以龐大的尺度考驗著這個劇團，也等於讓這個劇本承擔了更大的責任。最後，這個被送上舞台的《十殿》，是在一群觀眾的凝視下發生的。它的大，動員著後方龐大的力量，自有華麗，也有著笨重，還有力不從心。譬如，一直到最後一

場，種種製作上的理由，讓戲劇並沒有真的被放棄，儀式的應用也很難讓觀眾感到安慰。

當《十殿》回到紙上時，彷佛又輕盈了起來——或許如此。在不強制要求一口氣讀完全劇的狀況下，讀者有了喘息的空間，可以利用自己的想像，而非感官上被餵食的聲音與畫面，去重新建構對這齣戲的理解——這是讀者專有的輕盈。但是，《十殿》劇本本身就是一座巨大的迷宮，人物關係不單是誰是誰，還包含善念與罪惡的因果，只透過閱讀，沒有劇場性手段的輔助，註定就是一件燒腦的工程。

這裡，我不想提供任何方便的管道幫讀者省事，只想提醒一件事：《十殿》在因果的糾纏外，是劇本對待這些因果的態度。

對因果論的一種新理解

簡單說，人要理解，就不可能離開「因果」，或是因果律。但是，至少就我所知，從康德以降的現代哲學，到二十世紀在哲學、藝術、戲劇上的種種反省，「因果」也變成一件可疑的事。遠的不說，《等待果陀》就沒有什麼情節上的因果關係。這些對「因果」的質疑不會沒有道理。

譬如，今天主張死刑的人，有些腦中是抱著「殺人償命」的觀念，好像只要把凶手殺掉，正義與平靜的秩序就會恢復了。「一命抵一命」這種簡單的因果律，跟原始社會的復仇原則沒有差別，這種心智永遠看不見：製造凶手的，永遠是這個社會。永遠是這個社會在殺人，所謂的凶手，只是一個可惡也可憐的中介身分罷了。簡言之，面對這個複雜無端的世界，因果律只會帶來簡化的理解，而簡化的理解，往往就製造了偏狹、偏見與仇恨。

因果律就是個讓複雜事情簡單化的東西。可憐的是，如果我們仍然有理解的欲望，我們也跳不脫因果律。所以更廣泛與深入的觀察、思考，是我們仍然不得不做的事。不然，絕聖棄智的清高，跟反智主義的霸道，都是造就災難的一體兩面。

今天的社會比起五大奇案的清朝與日治時代，

如果有一件事可以說是「進步」或現代的，是在行為的原因到結果的過程中，一個人會接觸的資訊增加了；這等於增加了很多機會，很多意外，讓原初行動的原因得到反省與修正。因果律還是在，只是從「原因」到「結果」的路上，有了更多的變數，也讓人有了選擇。如此，當代人即使遭遇了五大奇案中的凶手有過的委屈，甚至有了同樣的惡意，但會有更多機會將（報仇的）動機擱置，不再走上極端。這也是這個劇本不會單純走上宿命論的原因。

但是〈團圓〉這場戲，又給了我一個新看法。

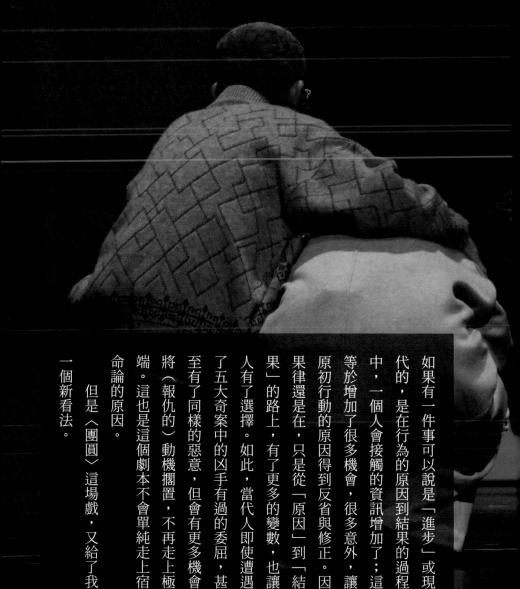

當面對生命中的不幸與苦難，實在太痛的時候，人好像就是需要一個解釋。這個解釋，離開了「因果」也無法構成。好像人在回顧那些自身悲劇的時候，都一定會問「為什麼」，「為什麼是我」。在那些聰明人的眼中，原因與答案都是一種簡化，但人就不是一種可以一直聰明下去的動物。因此，各種敘事就從各種宗教中產生：天堂、西方極樂、或是「十殿」。〈團圓〉這場戲作為整個《十殿》的結尾，或許就應該回來問這麼一個簡單的問題：為什麼人需要宗教？

劇中有一句台詞很打動我，卻又讓我完全不同意：化身為劇作家代言人的安然說：「為什麼大家已經那麼可憐了，還要說這一切的不幸，都是因為他們以前曾經犯過什麼錯？」這句話我不同意的部分是後半部：正是因為大家都已經很可憐了，所以要給一個解釋，讓他們知道自己曾經犯過什麼錯。因為這些人是會問「為什麼」的，他們需要的不是那些聰明人所提倡的理論（很不幸，這個世界還沒有進步到那麼好！）。受到命運摧殘的這群人需要的不是理性的分析，他們更需要一個解釋，即便在這個解釋、說法中，她們都犯過錯，但這個說法——聽起來諷刺——會讓他們在慚愧中有安慰。

《十殿》現在來到了紙上，劇本很厚，人物很多，關係很複雜，事件也很沉重，但讀者在闔上書頁想要喘氣的時候，會有機會明白，因果或許是輕盈的，那是來自劇作家對筆下人物的深情與不忍心。就像人不用相信有「十殿」，但會珍視安慰與悲憫。

創作者言

眞希望你嘛會當看著家己的光芒

●吳明倫，嘉義市人，台大戲劇所畢業。現爲阮劇團副藝術總監、駐團編劇。曾任國家兩廳院「藝術基地計畫」駐館藝術家（二〇一九～二〇二〇年）。創作形式以劇場劇本爲主，偶有小說作品。著迷於生死鬼神與民間信仰、在地文化，期望說出屬於台灣的故事。近年劇場作品有阮劇團《十殿》、《我是天王星》等。著有短篇小說集《湊陣》（九歌出版）。

《十殿》基於人既是孤獨的個體，又是互相依存的生命共同體，以奇士勞斯基劇集《十誡》與「十殿閻羅」[1]信仰驛站式的地獄發想，將場景設定在嘉義市一棟真實存在、因九二一地震而沒落的住商混合大樓，結合台灣五大奇案的傳奇故事，描述看似罪惡淵藪的空間中，人們面臨的道德困境和道德焦慮，以及當人們迴避不了也放不下苦難，「敍事」當做解答與解脫的必要性。

1. 為唐代佛教漢化後，從偽經《地藏十王經》衍生出的陰司信仰，認為地獄分為十殿，各由一名閻羅王主宰。

《十殿》創作期程歷時兩年，對編劇而言是非常奢侈而幸運的，在正式演出前的這段時間中，除了基本的讀書研究、田野調查、編劇會議、讀劇、修改、排練、再修改之外，最重要的是能跟角色們好好相處，好好思考人物的個性、遭遇、選擇，以及做出這些選擇的原因，當編劇出現了盲點，也有機會去發現、挽回、修正。同樣幸運的是，在演出後經過三年的沉澱，能跳脫與角色們的情感羈絆，以更冷靜的角度作出版定稿的最後調整。

●

從五大奇案中，可以看到在過去的時

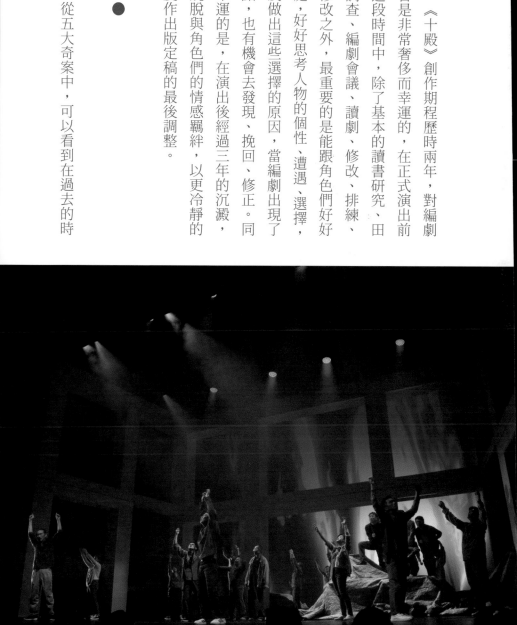

代，女性不管是面對階級壓迫、婆媳關係、守貞守節、外遇問題等等，冤屈難以平反、正義難以伸張，若是不百般忍耐，除了一死也別無他法，甚至有時連死亡也不是由自己掌握。這些社會現象當然並不僅存於故事中，現實經常比戲劇更恐怖，我想，奇案中這些女子化為厲鬼解決一切不公平——這些故事最精彩的部分——是說故事的人對公義、公平的期許和盼望，也是對這些女子的同情與悲憫，而聽故事的人們多半也有與說者一樣的鄉民正義心態：以牙還牙、善惡有報，才能造就這些故事的流傳擴散。時至今日，我們對正義的想像和定義必然已經和「古代」有很大的差距，

而且《十殿》只搬演人間事、不論死後的安排、摒棄各種教化訓示，但我仍希望能接續這樣為被壓迫者發聲的意圖。

或許這就是我在改寫《陳守娘》與《呂祖廟燒金》的四段演出[2]時一部分的心理狀態：我所側重的重點不完全在這些人物的行為，而想要更強調他們的心理層面，比起純純（守娘化身）的受虐和委屈，我好像更希望能夠多呈現一些守娘夫妻幸福美好的時光——她曾經這麼快樂過。而怡慧（《呂祖廟燒金》中的外遇妻子）的人生問題，若能藉著橫

2. 即〈火床〉、〈回音〉、〈鈴〉、〈鬼話〉。

跨《呂祖廟燒金》與《瘋女十八年》的角色「安然」的存在，得以從漫長的痛苦中得到救贖，那就再好不過。

●

道德與禁忌是一體的兩面；一旦「有罪」，即面臨有形刑罰與無形的良知／信仰，但「罪」的定義與範圍卻可能是浮動的、越趨複雜多樣甚至互相抵觸的，我好奇的是人的犯行（crime）、罪惡（sin）與內疚（guilt），以及它們彼此的關係。但同時，「每一个人的光，

攏真婧。真希望你嘛會當看著家己的光芒。」簡直像個神棍般的安然是這麼說的，我也確實想要讓這些脫胎自五大奇案的所有角色，在《十殿》中可以得到、也發散出什麼新的東西。從《奈何橋》的「因」到《輪迴道》的「果」，願《十殿》能給這些在黑暗中的他們，一些可能、支持與陪伴。

登場角色

《十殿》人物關係圖

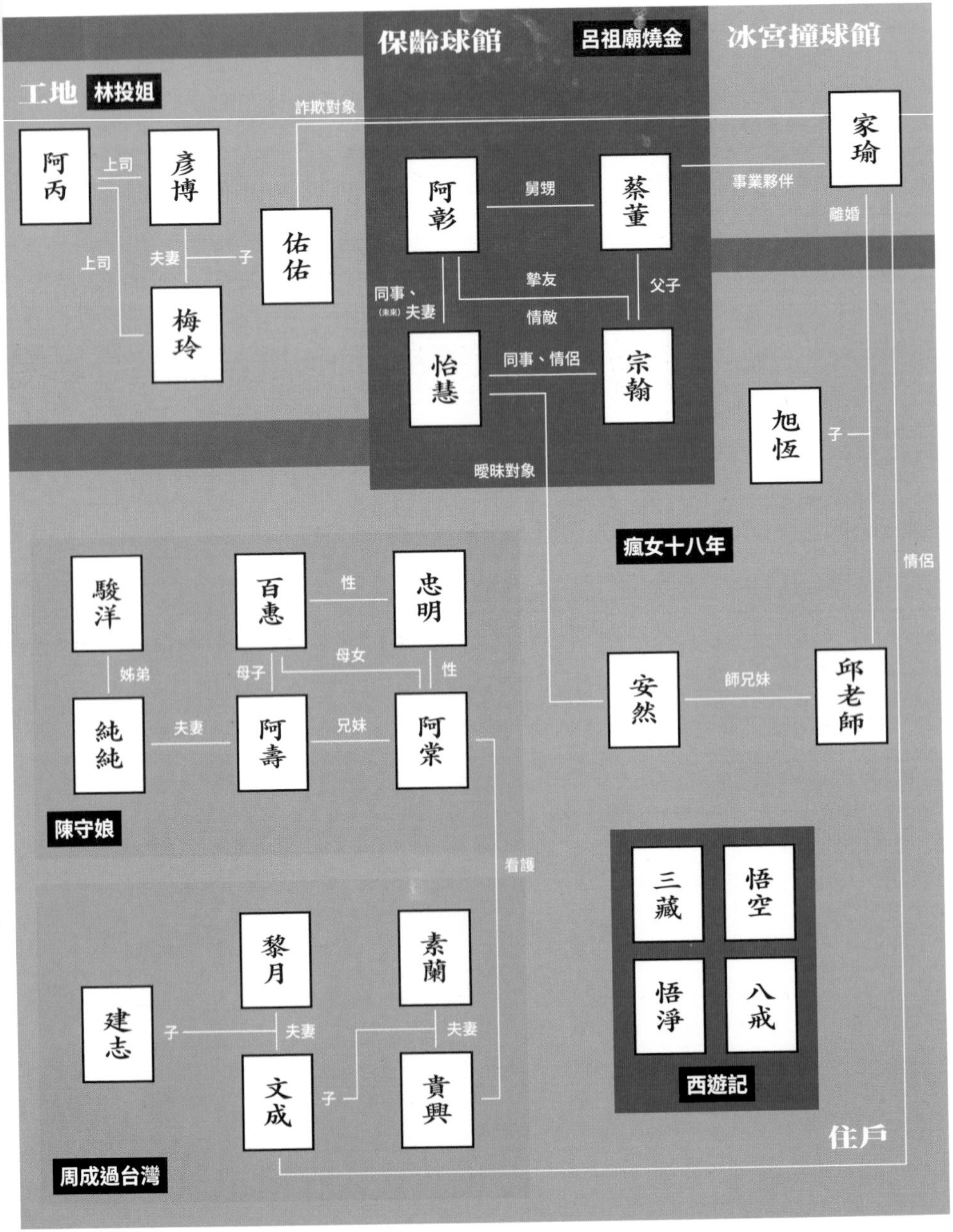

奈何橋

主線角色

輪迴道

孽鏡	邱老師、家瑜、安然、三藏 瘋女十八年	團圓
樓起	梅玲、彥博、阿丙、佑佑 林投姐	樓崩
火床	阿彰、宗翰、怡慧、安然 呂祖廟燒金	鈴
回音	阿壽、阿棠、純純、駿洋、百惠、忠明、建志 陳守娘	鬼話
針雨	黎月、建志、文成、素蘭、貴興 周成過台灣	無神
全劇	三藏、悟空、八戒、悟淨 西遊記	全劇

登場角色

《十殿》人物年齡表

梅玲	怡慧	阿壽	純純	駿洋	阿彰	宗翰	阿棠	建志	旭恆	佑佑	西遊記
1972	1980	1980	1980	1981	1981	1981	1983	1985	1989	1993	FOREVER YOUNG
20	12	12	12	11	11	11	9	7	3	0	錨
21			13		12	12	10		×	1	回憶
×							13		×		×：死亡
×	19				18	18			×		空格：沒戲（不含中性群戲）
×		25	25	24		×	22		×		
×		×	×			×	26	24	×		
20	30	×	×			×			×	17	
×	35	×	×		34	18			×		
×		×	×	37	×	×		33	×		
×		25	25	38	×	×	36	34	×		
×		12	×		×	11	9	7	×		

建志	素蘭	彥博	梅玲	阿丙	佑佑	安然	怡慧	蔡董	宗翰	阿彰	西遊記
1985	1943	1962	1972	1969	1993	1964	1980	1947	1981	1981	FOREVER YOUNG
7	49	30	20	23	0	28	12	45	11	11	錨
		31	21	24	1			46	12	12	回憶
			×			32					×：死亡
			×				19	52	18	18	空格：沒戲（不含中性群戲）
			×					×	×		
24	66		×					×	×		
	×	48	20		17	46	30	×	×		
	×		×			51	35	×	18	34	
33			×	49				×	×	×	
34	×		×	×				×	×	×	
7	×		×	×		57		×	11	×	

按年紀區分

	貴興	素蘭	蔡董	邱老師	阿丙	家瑜	文成	黎月	百惠	彥博	安然	忠明
出生年份	1934	1943	1947	1950	1969	1954	1957	1960	1962	1962	1964	1969
1992 綁架	58	49	45	42	23	38	35	32	30	30	28	23
1993 樓起			46	43	24	39	36	33	31	31		24
1996 孽鏡				46		42	39		34		32	27
1999 火床			52									
2005 回音			×				48	45	43			36
2009 針雨	75	66	×					49				
2010 樓崩	×	×	×	60		56				48	46	
2015 鈴		×	×								51	
2018 無神			×				61	58				
2019 鬼話	×	×	×						57			50
2021 團圓	×	×	×	71		67	64	32	30		57	23

按故事區分

	邱老師	家瑜	旭恆	阿壽	阿棠	忠明	百惠	純純	駿洋	文成	黎月	貴興
出生年份	1950	1954	1989	1980	1983	1969	1962	1980	1981	1957	1960	1934
1992 綁架	42	38	3	12	9	23	30	12	11	35	32	58
1993 樓起	43	39	×		10	24	31	13		36	33	
1996 孽鏡	46	42	×		13	27	34			39		
1999 火床			×	19	16			19	18			
2005 回音			×	25	22	36	43	25	24	48	45	
2009 針雨			×	×	26			×			49	75
2010 樓崩	60	56	×	×				×				×
2015 鈴			×	×				×				
2018 無神			×	×				×	37	61	58	
2019 鬼話			×	25	36	50	57	25	38			×
2021 團圓	71	67	×	12	9	23	30	×		64	32	×

錄

《十殿》首演演職人員名單

2021年4月16日(五)19:30
《十殿：奈何橋》首演於國家兩廳院國家戲劇院

■戲劇顧問……何一梵

■顧問群……
王友輝、林從一、林茂賢、蕭藤村

■製作人、導演……汪兆謙

■編劇……吳明倫

■台語翻譯……MC JJ

■台語指導及台文字幕校對……
林瑞崐

■演員……
王肇陽、余品潔、李辰翔、李明哲、杜思慧、周政憲、周浚鵬、林文尹、洪健藏、張千昱、莊庭瑜、莊益增、莊雄偉、陳忻、葉登源、楊智淳、鄧壹齡、鍾品喬、顧軒、MC JJ（依姓氏筆畫排序）

■助理導演……林頎姍、莊雄偉

■動作設計……林素蓮

■魔術指導……林陸傑

■武打動作設計……方玠瑜

■武打動作設計助理……劉冠林

■催眠顧問……林惠君

■舞台設計……李柏霖

■助理舞臺設計……蘇子喻

■道具設計與執行……陳勁廷

■舞台製作……李維造物

■模型設計與製作……
山峸製作設計有限公司

■燈光設計……高至謙

■助理燈光設計兼燈光技術指導……
尹信雄

附

2021年4月17日(六)19:30
《十殿：輪迴道》首演於國家兩廳院國家戲劇院

■燈光設計助理⋯⋯⋯⋯⋯⋯⋯⋯⋯⋯⋯
李昀軒、黃培語、王子郢
■影像設計⋯⋯⋯⋯⋯⋯⋯⋯王正源
■助理影像設計⋯⋯⋯⋯⋯⋯黃詠心
■影像素材製作⋯⋯⋯⋯⋯⋯⋯⋯⋯
劉宇凡、陳彥安
■服裝設計⋯⋯⋯⋯⋯⋯⋯⋯林玉媛
■助理服裝設計⋯⋯⋯⋯⋯⋯楊子祥
■音樂與音效設計⋯⋯⋯⋯⋯柯鈞元
■舞台監督⋯⋯⋯⋯⋯⋯⋯⋯陳昭郡
■助理舞監⋯⋯黃詠芝、楊嘉璿
■舞台技術指導⋯⋯⋯⋯⋯⋯劉柏言
■道具管理⋯⋯陳妤蓁、朱惟歆
■燈光編程⋯⋯⋯⋯⋯⋯⋯⋯⋯⋯
余婉臻、蘇耕立、蘇揚清

■影像設計助理與執行⋯⋯⋯⋯⋯⋯
陳怡行、郭蕙瑜
■服裝管理組長⋯⋯⋯⋯⋯⋯林昕誼
■服裝管理⋯⋯⋯⋯⋯⋯⋯⋯⋯⋯
林家綾、戴文欣、鐘汶叡
■梳化⋯⋯⋯⋯⋯⋯⋯⋯⋯⋯⋯⋯
吳曉芳、謝采彤、陳映羽、湯淑琳、廖翊如
■音場設計⋯⋯⋯⋯⋯⋯⋯⋯陳星奎
■音響技術統籌⋯陳宇謙、張稚暉
■英文字幕翻譯⋯⋯⋯⋯⋯⋯席時葳
■道具搬運⋯⋯立代企業有限公司
■製作經理⋯⋯⋯⋯⋯⋯Dub Lau
■執行製作⋯⋯⋯許惠淋、嚴婕
■排練助理、字幕執行⋯⋯賴郁澐

錄

■排練助理、音樂與音效執行……楊宜濾

■編劇助理……劉宛頤、楊麗菁

■行銷企劃……邱洛彤、楊甯凱、何佳儀

■行政團隊……蔡明純、廖心彤、龔姵燐、邱書凱、黃玥勳

■主視覺設計……廖小子

■書法題字……陳世憲

■劇照攝影……黃昊哲

■巡迴攝影……顏睦軒

■宣傳影片製作……種種影像

■宣傳動畫影片製作……谷汩文化 Group.G

■平面設計執行……蔡孟憲

■工作人員……王元宏、王文怡、王欣雅、朱子甫、朱健鍺、江文馨、何欣芸、吳昱穎、李佳儒、周冠志、林明德、林秉昕、林家瑜、林蓉、柯凱峰、洪仟芳、徐譜喬、張文芊、張世暘、張志遠、張修銘、陳人碩、曾擇弘、黃郁雯、黃學仁、溫承翰、葉岫穎、廖庭筠、蔡宛育、應可亭、魏豪、羅瑋騰（依姓氏筆畫排序）

附

國家表演藝術中心場館共同製作計畫演出紀錄

■2021/4/16-18　台北｜國家兩廳院國家戲劇院

■2021/4/30-5/2　台中｜臺中國家歌劇院中劇院

■2021/5/7-9　高雄｜衛武營國家藝術文化中心戲劇院

錄

阮劇團大事年表

二〇〇三

◆阮劇團創立。

二〇〇六

◆正式登記立案，為嘉義縣第一個現代戲劇劇團。

二〇〇九

◆進駐嘉義縣表演藝術中心，以嘉義縣民雄鄉為主要創作基地。

◆創辦「草草戲劇節」（第一年尚未正式命名，僅稱為「青年戲劇節」）。

二〇一一

◆開始「小地方」計畫，深入嘉義山線、海線偏遠鄉鎮，演戲給孩子們看。

二〇一二

◆「台語演經典」系列作品第一部《金水飼某》問世，於嘉義縣表演藝術中心實驗劇場首演。

二〇一三

◆「台語演經典」系列作品《熱天酣眠》於嘉義縣表演藝術中心實驗劇場首演。

◆「劇本農場」計畫開辦，結合「編、導、演、評、觀、製」，為鼓勵新銳劇作家自由揮灑故事的平台。

二〇一四

◆「台語演經典」系列作品《丐國party》於嘉義縣表演藝術中心實驗劇場首演。

二〇一五

◆臺北藝術節邀演《家的妄想》，於台北水源劇場首演。

◆「台語演經典」系列作品《愛錢A恰恰》於嘉義縣表演藝術中心實驗劇場首演。

附

二〇一六

◆「台語演經典」系列作品、與日本東京的「流山兒★事務所」首次跨國共製計畫《馬克白 Panit It, Black!》，於嘉義縣表演藝術中心實驗劇場首演。

二〇一七

◆臺南藝術節邀演原創歌舞劇《城市戀歌進行曲》，於台南新化大目降廣場戶外首演。

◆《馬克白 Paint it, Black!》獲邀於羅馬尼亞「錫比烏國際戲劇節」演出。

◆劇本農場計畫孵育之原創劇本《水中之屋》於嘉義縣表演藝術中心實驗劇場首演。

二〇一八

◆創辦藝文展演空間「新嘉義座」，連年製作《十八銅人台語仙拚仙》。

◆「台語演經典」系列首度改編台灣文學作品《嫁妝一牛車》，與日本「流山兒★事務所」二度跨國共製，於嘉義縣表演藝術中心實驗劇場首演。

◆《家的妄想》於愛丁堡藝穗節演出。

二〇一九

◆劇本農場計畫孵育之原創劇本《再約》受邀於二〇一八國際劇場藝術節、二〇一八新舞臺藝術節，於國家兩廳院實驗劇場首演。

◆啟動「演員實驗室」定期招募儲備團員，以三年為期，循序漸進地培訓團員、儲備團員們，成為獨當一面的表演藝術工作者。

二〇二〇

◆Podcast 頻道《這聲好啊！》開播。

◆與香港「劇場空間」劇團共製，推出音樂劇《皇都電姬》，於台南新營文化中心首演。

二〇二一

◆第二屆國家表演藝術中心場館共同製作計畫《十殿》，獲邀二〇二一 TIFA 台灣國際藝術節、二〇二一 NTT-TIFA 歌劇院台灣國際藝術節，於國家兩廳院國家劇院首演後展開巡演。

◆劇本農場計畫孵育之原創劇本《香纏》獲邀「二〇二一戲曲夢工場」，於臺灣戲曲中心多媒體廳首演。

附錄

二〇二二

◆《釣蝦場的十日談》與旅法布袋戲大師楊輝合作，獲邀二〇二二 TIFA 台灣國際藝術節、二〇二二 TTTF 臺灣戲曲藝術節、二〇二二 NTT 遇見巨人，於嘉義縣表演藝術中心演藝廳首演後，展開北中南巡演。

◆院劇團×香港「劇場空間」劇團《皇都電姬》升級再製。

◆國家兩廳院藝術出走《我是天王星》戶外台語歌舞劇於嘉義民雄早安公園首演後，展開全台巡演。

二〇二三

◆《FW: 家的妄想》獲邀香港第三屆紀錄劇場節，於香港兆基創意書院文化藝術中心多媒體劇場首演。

◆《陳文成的證明題》獲邀人權藝術生活節，於臺灣大學外語教學暨資源中心附設劇場首演。

◆「故事三輪車」計畫開辦，特製的故事三輪車，到各角落與兒童進行定時定點的台語故事分享和互動。

◆團內編導演員、教師，皆正名為「行動員」，原「演員實驗室」更名為「新本土行動」。